U0052481

魔法圖書館❾
真假國王與乞丐

人物介紹

佳ㄐㄧㄚ妮ㄋㄧ

身ㄕㄣ為ㄨㄟ姐ㄐㄧㄝ姐ㄐㄧㄝ，具ㄐㄩ有ㄧㄡ強ㄑㄧㄤ烈ㄌㄧㄝ的ㄉㄜ責ㄗㄜ任ㄖㄣ感ㄍㄢ，把ㄅㄚ妹ㄇㄟ妹ㄇㄟ看ㄎㄢ得ㄉㄜ比ㄅㄧ自ㄗ己ㄐㄧ還ㄏㄞ重ㄓㄨㄥ要ㄧㄠ，而ㄦ且ㄑㄧㄝ心ㄒㄧㄣ地ㄉㄧ善ㄕㄢ良ㄌㄧㄤ，會ㄏㄨㄟ主ㄓㄨ動ㄉㄨㄥ照ㄓㄠ顧ㄍㄨ別ㄅㄧㄝ人ㄖㄣ。雖ㄙㄨㄟ然ㄖㄢ遇ㄩ到ㄉㄠ任ㄖㄣ何ㄏㄜ困ㄎㄨㄣ難ㄋㄢ都ㄉㄡ會ㄏㄨㄟ盡ㄐㄧㄣ力ㄌㄧ克ㄎㄜ服ㄈㄨ，但ㄉㄢ從ㄘㄨㄥ未ㄨㄟ想ㄒㄧㄤ過ㄍㄨㄛ自ㄗ己ㄐㄧ會ㄏㄨㄟ變ㄅㄧㄢ成ㄔㄥ乞ㄑㄧ丐ㄍㄞ。

妮ㄋㄧ妮ㄋㄧ

為ㄨㄟ人ㄖㄣ隨ㄙㄨㄟ和ㄏㄜ，不ㄅㄨ會ㄏㄨㄟ因ㄧㄣ為ㄨㄟ身ㄕㄣ分ㄈㄣ或ㄏㄨㄛ外ㄨㄞ表ㄅㄧㄠ而ㄦ有ㄧㄡ偏ㄆㄧㄢ見ㄐㄧㄢ，一ㄧ律ㄌㄩ以ㄧ真ㄓㄣ心ㄒㄧㄣ對ㄉㄨㄟ待ㄉㄞ別ㄅㄧㄝ人ㄖㄣ。個ㄍㄜ性ㄒㄧㄥ活ㄏㄨㄛ潑ㄆㄛ，言ㄧㄢ談ㄊㄢ舉ㄐㄩ止ㄓ偶ㄡ爾ㄦ有ㄧㄡ點ㄉㄧㄢ無ㄨ厘ㄌㄧ頭ㄊㄡ，但ㄉㄢ在ㄗㄞ關ㄍㄨㄢ鍵ㄐㄧㄢ時ㄕ刻ㄎㄜ能ㄋㄥ發ㄈㄚ揮ㄏㄨㄟ勇ㄩㄥ氣ㄑㄧ與ㄩ責ㄗㄜ任ㄖㄣ感ㄍㄢ。

傑ㄐㄧㄝ克ㄎㄜ

當ㄉㄤ愛ㄞ德ㄉㄜ華ㄏㄨㄚ國ㄍㄨㄛ王ㄨㄤ還ㄏㄞ是ㄕ王ㄨㄤ子ㄗ的ㄉㄜ時ㄕ候ㄏㄡ，代ㄉㄞ替ㄊㄧ他ㄊㄚ挨ㄞ打ㄉㄚ的ㄉㄜ書ㄕㄨ僮ㄊㄨㄥ，對ㄉㄨㄟ王ㄨㄤ宮ㄍㄨㄥ的ㄉㄜ每ㄇㄟ個ㄍㄜ角ㄐㄧㄠ落ㄌㄨㄛ都ㄉㄡ很ㄏㄣ了ㄌㄧㄠ解ㄐㄧㄝ。受ㄕㄡ到ㄉㄠ愛ㄞ德ㄉㄜ華ㄏㄨㄚ國ㄍㄨㄛ王ㄨㄤ的ㄉㄜ請ㄑㄧㄥ託ㄊㄨㄛ，誠ㄔㄥ摯ㄓ的ㄉㄜ幫ㄅㄤ助ㄓㄨ妮ㄋㄧ妮ㄋㄧ和ㄏㄜ佳ㄐㄧㄚ妮ㄋㄧ。

愛德華國王和湯姆

原著的主角愛德華王子，現在已經成為國王，而曾經是乞丐的湯姆，現在則是修道院的院長。兩人的外表有如雙胞胎般相像，經歷原著中互換身分的冒險後，成為無話不談的好朋友，這次也一起中了魔咒。

克萊爾

相信且幫助變成乞丐後走投無路的佳妮。外表因為困苦的生活而缺乏整理，看起來有點凌亂，但她的內心和騎士一樣堅強、勇敢。

亨登伯爵

曾幫助變成乞丐的愛德華王子重返王宮，之後便與王室保持良好的關係。富有正義感，很信任別人，卻因此吃過很多次謊稱自己是貴族的人的虧，個性也變得多疑。

目錄

人物介紹 ⋯⋯⋯⋯⋯⋯⋯⋯ 6

序章　我不想演乞丐！ ⋯⋯⋯ 10

第1章　國王的召喚 ⋯⋯⋯⋯ 14

第2章　變成國王的妮妮 ⋯⋯ 26

第3章　可疑的身影 ⋯⋯⋯⋯ 40

第4章　變成乞丐的佳妮 ⋯⋯ 48

第5章　喜歡薄荷巧克力嗎？ ⋯⋯ 58

第6章　乞丐們的王國 ———————— 68

第7章　斬斷黑暗的銀劍 —————— 80

第8章　伸出援手 ———————————— 90

第9章　亨登騎士團VS虎克海盜團　98

第10章　正面對決 ————————— 110

後記　最後的黃金書籤在哪裡？ — 118

附錄 ——————————————————— 122

我想演公主，在華麗的王宮裡穿著漂亮的禮服。

你在范特西爾穿過很多次禮服了，把機會讓給其他人吧！

可是演乞丐要把臉抹得很髒耶！

放心，即使臉很髒，你還是很可愛。

哼！

那樣大家會連我是誰都認不出來啦！

托米帶著佳妮和妮妮飛進王宮，那裡有兩個長得一模一樣的男孩正等著他們。

妮妮驚訝的看著眼前兩個男生。「你們是雙胞胎嗎？」

其中一個男生搖搖頭。「不，我們沒有血緣關係。我是這個王國的國王，愛德華六世。」

另一個男生接著自我介紹：「我是湯姆，曾經是乞丐，現在是修道院的院長。」

聽見兩個男生的名字，佳妮開心的大喊：「原來這裡是《乞丐王子》的王國！」

「既然你們認識我們，那就直接說明請你們來的目的吧！」

愛德華和湯姆對看了一眼後，便朝姐妹倆伸出自己變成黑色煙霧的雙手。

「我們好像中了魔咒，如果被其他人知道，王國會因此陷入混亂。你們可以暫時接替國王的位置嗎？直到我們身上的魔咒解除為止。」

「你要我們當代理國王？」

「是的。這段期間，陛下和我會躲在王宮中的祕密房間，尋找解除魔咒的方法。」

「黑色煙霧很像是黑魔法師下的魔咒，你們見過他嗎？」

「我不確定。從幾天前開始，黑煙就籠罩住我的身體，我很緊張，於是寫信問了值得信賴的朋友，也就是假扮過王子，對王宮很了解的湯姆。」

「我的身上也發生同樣的問題。當我看見陛下的來信，更覺得不安，過來一看，果然陛下遇到和我一樣的狀況。」

「我們這兩個故事主角忽然同時中了魔咒，我認為事有蹊蹺，因此偷偷聯絡托米。」

「托米就把你們帶來了。」

「看來糖果屋巫婆的瓶子沒有完全封印住黑魔法師的力量。」

「即使如此，這股力量也
非常強大。」

「能不能說你身體不舒服，要休息
幾天？」

「對啊！我們可以趁這段時間，
找出解除魔咒的方法。」

「不行，明天要舉辦一年一度的盛
大宴會，在這個眾多王公貴族都
會出席的場合上，國王絕對不能
缺席。」

「而且說不定會有人加油添醋，
把國王的病情說得很嚴重，這
樣王國同樣會陷入混亂。」

「也許這就是黑魔法師的目的，讓
他可以趁機搶走黃金書籤。」

「我知道了。那麼，我來當
代理國王吧！我越看越
覺得我、愛德華和湯姆
長得好像喔！」

我們很像三胞胎吧？

　　妮妮、愛德華和湯姆站在一起，真的有如三胞胎，讓佳妮目瞪口呆。
「真的耶！好神奇！」

　　妮妮得意洋洋的說：「范特西爾一定是知道我因為在話劇裡無法演公主而傷心的事，所以讓我在這裡當國王。」

　　「可是你對王宮一無所知，能當好國王嗎？」

愛德華對煩惱的佳妮說：「別擔心，我已經安排人協助你們了。傑克，過來吧！」

　　湯姆向姐妹倆介紹：「傑克是陛下的書僮。由於陛下做錯事也不能挨打，都是由傑克代為受罰。」

　　「什麼？太過分了！」

　　妮妮替傑克打抱不平，激動的大喊，傑克卻急忙否認。

一點都不會，
這就是我的
工作。

「多虧這份工作，我的家人才有得吃、有得住。而且陛下對我很好，經常分我零食吃，還很有耐心的聽我說話。」

雖然妮妮仍然覺得奇怪，但為了不讓傑克困擾，她決定轉移話題：「我會努力當好國王，不讓你為了我受罰。」

傑克開心的笑著。「請別擔心會做錯事，為您善後就是我在這裡的原因。」

看著妮妮和傑克友好的互動，愛德華也鬆了一口氣。

「宴會是在明天晚上舉行嗎？妮妮還有一點時間可以準備吧？」

面對佳妮的疑問，愛德華點了點頭，接著對妮妮說：「服飾都已經準備好，你只要換上就可以了。」

妮妮思考了一會兒，然後拿起手機對準愛德華。

喀嚓！

看到妮妮拍照，佳妮讚賞的比出大拇指。「好主意，這樣你就能根據相片，打扮得和愛德華一模一樣了。」

　　生平第一次看到相片的湯姆和傑克，以為妮妮瞬間畫好一張圖，不禁嚇了一跳。愛德華則為了維持國王的威嚴，努力假裝鎮定的樣子。

愛德華指著放在房間角落的銀色鎧甲。「這副鎧甲是王室代代相傳的寶物，萬一發生最糟糕的狀況……」

「也要好好守護它，對嗎？」佳妮緊張的詢問。

愛德華搖搖頭。「不，這副銀色鎧甲不只是寶物，也能作為打贏戰爭的武器，更會驅逐黑暗，帶來光明。所以萬一發生最糟糕的狀況，它將成為拯救這個王國，免於遭受厄運的最後一張王牌。」

一連串抽象的敘述，讓妮妮聽得似懂非懂，只知道這副銀色鎧甲非常重要，於是她對愛德華許下承諾：「別擔心，我會努力當好代理國王，保護這個王國，同時尋找黃金書籤。」

「那就拜託你們了。」

湯姆說完後，就和愛德華一起走出房間。

　　隔天，妮妮一大早就開始變裝。
她從魔法之書拿出各式各樣的化妝
品，再根據愛德華的相片，穿戴服飾
並仔細調整細節，希望讓自己看起來
更像國王。

　　傑克站在一旁感嘆：「魔法之書
真厲害！我該做什麼呢？」

　　妮妮笑著回答：「你坐在旁邊，
休息一下吧！」

　　妮妮原本是好意，沒想到傑克卻突然大驚失色。「什麼都好，拜託給我一點事做！如果沒有用處，我會被趕出王宮，那我們全家都會餓死！」

　　傑克的反應讓妮妮嚇了一跳，立刻安撫他：「誰說你沒有用處！快來幫我拿著魔法之書。」

　　妮妮讓傑克拿著魔法之書，從裡面取出最像愛德華髮型的假髮，佳妮也拿出禮服來穿。

換裝完畢的佳妮和妮妮剛走出房間，走廊盡頭就有個男人走向她們。

　　「姐姐，有人過來了！他打扮得很華麗，會是哪個王公貴族嗎？」

　　「不知道，我們先觀察一下吧！」

　　男人在姐妹倆面前停下腳步，彎腰行禮。「陛下，哈特福德向您問安，您好嗎？」

幸好佳妮對原著很熟悉，她在妮妮耳邊小聲的說：「哈特福德是愛德華的舅舅。你要小心，不要露出馬腳。」

妮妮努力擺出自然又大方的態度。「我很好。」

「這幾天您拒絕所有人的問安，無法拜見您讓我非常擔心，應該沒發生什麼事吧？」

「當然，我什麼事也沒有。」

哈特福德覺得國王的語氣和平常不同。「幾天沒見，您似乎有點不一樣了。」

因為假扮國王而興奮不已的妮妮，沒發現哈特福德已經對自己起了疑心。「是我的個子變高了？還是長相變帥了？」

為了掩飾內心的疑惑，哈特福德小心翼翼的再次試探。「是的，您的個子一天比一天高，您的父王一定很開心。」

佳妮察覺出哈特福德起了疑心，馬上就在妮妮耳邊小聲說：「愛德華會當上國王，是因為他的父王過世了，這個問題要小心回答。」

　　經過佳妮的提醒，妮妮趕緊做出悲傷的表情。「不要隨意提起父王，我到現在還很哀痛。」

　　哈特福德大吃一驚，對國王的懷疑也一掃而空，立刻改口：「非常抱歉。話說回來，您已經準備好參加宴會了嗎？」

　　「沒錯。」

　　「旁邊這位是……」哈特福德疑惑的看著佳妮。

　　妮妮大聲喝斥：「放肆！竟然不認得我特別請來的客人！這位是從佳妮王國遠道而來的佳妮公主，她會和我一起參加宴會。」

　　佳妮按照先前練習過的，慢慢提起裙襬，優雅的向哈特福德打招呼。

　　被佳妮和妮妮逼真的演技所騙，

哈特福德深深一鞠躬。「尊貴的公主，是我有眼不識泰山。現在請兩位移駕至宴會的會場，我來帶路。」

佳妮和妮妮忍住笑意，跟在哈特福德身後。

一打開會場的大門，姐妹倆就看到許多穿著華麗服飾的人們。

「這是柯林戴爾王國的凱爾國王和戴蒙德王妃，那是達爾斯頓王國的沙德公爵，接下來是從恩菲爾德王國來的威廉王子和肖恩伍德公主，還有……」

哈特福德向姐妹倆一一介紹前來問候的國內外王公貴族。

陌生又相似的國名和人名接連不斷，佳妮和妮妮一個也記不住，但仍然努力帶著笑容，從容的應對。

「姐姐，我做得很好吧？」

「出乎我意料的好。」

「你以為我會搞砸嗎？」

「老實說，有一點。」

「嘿嘿！聽你這麼一說，我更有自信了，看來我有當國王的天分。」

「不要得意忘形，請維持國王的形象。」

陛下，貴賓們都在等您。

「姐姐，我們快過去吧！」

「好。」

「陛下，您不用著急，慢慢來就好。」

「原來如此。傑克，謝謝你告訴我。」

「那我們優雅的走過去吧！陛下。」

「這是我的榮幸，佳妮公主。」

「哈哈！真是太有趣了！」

「那些蛋糕看起來很好吃！姐姐，我們去吃蛋糕吧！」

「我們是不是應該先向其他賓客打招呼？」

「招呼怎麼都打不完，太累了！我現在就想吃蛋糕！」

「我覺得不太妥當……問問傑克吧！」

「我是國王，想做什麼就能做什麼，對不對，傑克？」

「感謝您願意問我。根據我的了解，國王都是向賓客打完招呼後，才開始用餐。」

「原來國王不能隨心所欲啊？真是又累又麻煩！」

「陛下，請再堅持一下。」

這時候，一名僕人兩手端著裝滿食物的托盤，搖搖晃晃的走向姐妹倆。

「小心！」

佳妮慌張的大喊，但為時已晚。

咚砰咚！

因為重心不穩而絆到腳的僕人，把所有食物朝佳妮的方向倒過去。佳妮為了避開，往後踏了幾步，卻踩到自己的裙襬，跌坐在地上。熱鬧的會場頓時變得一團亂。

「佳妮大人，您沒事吧？」傑克扶著佳妮起身。

闖了了禍的僕人急忙下跪求饒。「對不起，請饒我一命！」

　　從遠處看到這個情形的哈特福德立刻衝過來，大聲責罵：

「接受死刑吧！把這傢伙的家人也抓來！」

　　佳妮和妮妮嚇了一跳，兩人互看一眼，都覺得判死刑未免太小題大作了。

　　「我沒有受傷，禮服也很乾淨，不用判他死刑吧？」著急的佳妮對哈特福德說。

僕人哽咽著不斷求饒：「我再也不敢了，請放過我和我的家人！」

看不下去的妮妮也出聲阻止。「太誇張了，他只不過犯了點小錯。」

哈特福德回答：「這是先王傳下來的法律，侵害貴族的人和他的家人，必須處以極刑。」

「太不像話了，我認為不用判死刑。」妮妮擺出國王的威嚴說道。

哈特福德猶豫了一會兒，重新下令：「多虧仁慈的陛下，你才能保住一條小命，現在馬上離開王宮！」

侍衛們把僕人拖出去，擔心他又受罰的佳妮跟在他們身後，幸好僕人只有被逐出宮外，沒有再受到其他責罰。

準備回去宴會會場的佳妮，偶然看到一個女孩在王宮門口徘徊，似乎有話要說的樣子。佳妮雖然有點在意，但因為擔心妮妮，還是快步回到會場。

第3章

可疑的身影

　　宴會順利結束後，佳妮對妮妮說：「我們也去做該做的事吧！」

　　妮妮疑惑的看著佳妮，問道：「什麼事？」

　　「找黃金書籤啊！趁王宮裡的人都忙著收拾，我們先去庭院找找看。」

　　「好。」

　　姐妹倆在廣大的庭院裡，四處尋找黃金書籤的蹤影。

　　就在這時候，不遠處傳來一名侍衛的怒吼聲。「走開！」

　　佳妮順著聲音傳來的方向看過去，卻發現站在侍衛面前不停發抖的人，就是她之前在王宮門口看到的女孩。

「住手！」佳妮出聲制止，侍衛這才注意到庭院中有兩個人兒，他趕緊放下驅趕女孩的手。

姐妹倆快步走到王宮門口，佳妮說：「讓她進來吧！」

侍衛還在猶豫不決的時候，妮妮站了出來。「這是國王的命令，讓她進來。」

「陛下，這樣做會違反王國的法律……」

妮妮打斷侍衛的話。「我是國王，照顧我的子民有什麼不對！誰敢違抗我的命令？」

接著，佳妮和妮妮把瘦弱的女孩帶到國王的房間，女孩說自己的名字叫做南希。

「我的爸爸和媽媽生病了，家裡還有六個餓著肚子的弟弟和妹妹。我聽說今天王宮舉行了盛大的宴會，所以想來討一些剩下的食物。對不起，可是我真的沒辦法了……」

不等姐妹倆詢問，女孩就急忙解釋，滔滔不絕的說起自己出現在王宮門口的原因。

　　「南希，不用道歉，你沒做錯任何事。」佳妮忍不住開口安慰。

咕嚕嚕！

南希的肚子突然發出聲音，妮妮馬上命令站在門外的僕人準備食物。

沒一會兒，僕人敲響房門，在餐桌上擺滿精美的甜點。

即使剛才在宴會中享用了許多美食，佳妮還是無法抵擋甜點的魅力。「甜而不膩的巧克力馬芬，搭配香氣四溢的紅茶，真是夢幻的組合！」

南希睜大雙眼。「我第一一次看到這麼多食物！我真的可以吃嗎？」

妮妮對南希點點頭。「我會請人另外幫你的家人準備食物，桌上這些都是給你吃的。」

三人邊吃甜點邊聊天，完全感覺不到時間流逝。姐妹倆發現南希機智又健談，而且非常擅長模仿動物。

「你們知道豬怎麼睡覺嗎？就像這樣，嘰唷呼嘟嘟嘟，嘰唷呼嘟嘟嘟噗嗚。」

「哈哈哈哈哈！」

佳妮和妮妮捧腹大笑。「南希，你怎麼知道？」

「因為我每天都在豬旁邊睡覺啊！嘰唷呼嘟嘟嘟。」

姐妹倆笑到上氣不接下氣。

妮妮問南希：「你要不要在這裡住一晚再走？」

佳妮也極力贊成。「對啊！這是很難得的經驗喔！」

南希的雙眼閃閃發光。「真的可以嗎？太感謝你們了！我明天一大早就會悄悄離開，避免被其他人看到，造成兩位的困擾。」

雖然覺得這沒什麼大不了的，但想到南希有自己的考量，佳妮和妮妮還是理解的點點頭。

三人的歡笑聲持續到深夜，直到體力不支，妮妮才沉沉睡去，佳妮和南希也隨即進入夢鄉。

不知道過了多久，南希從位置上起身，在房間裡四處察看了一會兒，接著靠近姐妹倆的床邊。幽藍的月光映照著南希的臉，臉上卻是剛才從未出現過的冷漠。

「開心嗎？」

南希看著姐妹倆的睡臉。

「有趣的事就到此為止了，小鬼們。」南希惡狠狠的說完後，便露出陰森的笑容。

第4章

變成乞丐的佳妮

　　隔天早上，佳妮一醒來就發覺氣氛不對勁。接著，她的頭頂傳來了飽含怒氣的聲音。「終於醒來啦？放肆的傢伙！」

　　佳妮一抬頭，就看到哈特福德正注視著自己。

　　「你這個膽大包天的乞丐，竟敢跑進神聖的王宮！」

　　佳妮這才發現自己躺在冰冷的地板上，於是趕緊起身。「你怎麼說我是乞丐？我明明是公主！」

　　哈特福德嗤之以鼻。「哼！你那副德性哪裡像公主！」

　　佳妮不敢置信，快步走到鏡子前面，卻看到自己真的是一身破破爛爛的乞丐裝扮。

我是來傳達陛下的命令。

　　此時，有一位穿著美麗禮服的公主走進房間。

　　佳妮目瞪口呆的看著眼前的人，心想：她怎麼長得和我一模一樣，還穿著我昨天穿的禮服！

　　「立刻把這個乞丐趕出王宮。」和佳妮長得一模一樣的公主對哈特福德說道。

你ㄋ……
是ㄕ我ㄛ？

　　哈ㄏ特ㄊ福ㄈ德ㄉ似ㄙ乎ㄏ不ㄅ太ㄊ滿ㄇ意ㄧ，皺ㄓ起ㄑ眉ㄇ頭ㄊ。「應ㄧ該ㄍ要ㄧ處ㄔ罰ㄈ得ㄉ更ㄍ重ㄓ……算ㄙ了ㄌ，我ㄛ知ㄓ道ㄉ了ㄌ。」

　　哈ㄏ特ㄊ福ㄈ德ㄉ大ㄉ手ㄕ一一揮ㄏ，旁ㄆ邊ㄅ的ㄉ侍ㄕ衛ㄟ們ㄇ就ㄐ抓ㄓ起ㄑ佳ㄐ妮ㄋ。

　　「等ㄉ等ㄉ，我ㄛ才ㄘ是ㄕ真ㄓ正ㄓ的ㄉ佳ㄐ妮ㄋ公ㄍ主ㄓ……」

　　即ㄐ使ㄕ佳ㄐ妮ㄋ大ㄉ喊ㄏ，侍ㄕ衛ㄟ們ㄇ依ㄧ舊ㄐ牢ㄌ牢ㄌ架ㄐ住ㄓ她ㄊ的ㄉ雙ㄕ臂ㄅ，將ㄐ她ㄊ拖ㄊ出ㄔ宮ㄍ外ㄨ。

這時候，妮妮正因為從一早開始就被許多僕人服侍而感到厭煩。連洗臉都要由好幾個人效勞，選衣服更花了很長一段時間，因為有上衣、背心、褲子、腰帶、帽子、鞋子等，更別說還有搭配的各種飾品。

「 請允許我們為您更衣。 」

「我允許，趕快穿吧！」

妮妮不耐煩的大聲催促。

「 姐姐去哪裡了？ 如果我們一起用魔法之書 ， 馬上就能打扮好了。 」

已經被趕出王宮的佳妮正在街上徘徊。

「如果能用手機就好了，只要聯絡到妮妮，就可以解開誤會，回到王宮。」

在范特西爾冒險的期間，佳妮不只一次遇到困難，但這麼茫然的情況還是第一次。雖然她想回王宮找妮妮，卻也知道沒這麼容易，應該要找其他方法。

不知不覺走進市場的佳妮，被商人們以警戒的視線盯著，似乎是擔心她偷東西，讓佳妮不自覺變得畏縮。

「早餐也沒吃就一直走路，肚子好餓。」

佳妮站在麵包店前，注視著玻璃窗裡香噴噴的麵包好一陣子。

「昨天晚上應該多吃點東西才對。」

佳妮一邊後悔，一邊在想像中咬了一口麵包。這時候，忽然有人拍了她的肩膀。

「危險！快逃！」

一個看起來和佳妮同年齡的女孩只留下這句話，就跑得無影無蹤了。

佳妮繃緊神經，環顧四周，隨即發現一群人正朝自己跑來。她因為害怕，立刻拔腿狂奔。

佳妮沒跑多遠，就不小心跑進死巷，被迫停下腳步。身後的人們很快追上來，其中一個女人率先開口。

　　「我沒見過你，你要不要加入我們？我們那裡有很多食物，還有溫暖的床喔！」

　　雖然女人說話的口氣很溫柔，但不知為何，佳妮總覺得毛骨悚然。

　　「我不能成為你們的夥伴！」

「可是，你看起來就是我們的夥伴啊！」

　　正當佳妮不知所措時，她察覺身後似乎有人，轉頭一看，剛才拍她肩膀的女孩正從崩塌的磚牆間探出頭。

　　「我來救你，跟我走。」

　　「我要怎麼相信你？」

　　佳妮看了看逼近自己的人們，又看了看女孩，覺得兩邊都無法信任。

第5章
喜歡薄荷巧克力嗎？

　　王宮內的餐點從早上開始就很豐盛，像在舉行宴會般，各式美食擺滿餐桌。

　　「哇！有牛排、烤雞……該不會要把這些都吃完吧？」

　　妮妮坐在餐桌的一端不斷發出驚嘆聲，另一端的假佳妮則不發一語。

58

　　「如果南希吃完早餐再走就好了。」

　　假佳妮漫不經心的回答妮妮：「那也沒辦法，她現在已經和我們無關了。」

　　「姐姐，你怎麼會說這種話？一點都不像你。」妮妮覺得今天的姐姐特別奇怪。

「姐姐，你心情不好嗎？為什麼態度這麼冷淡？」

「沒什麼。現在找到幾張黃金書籤了？八張嗎？」

「你為什麼明知故問？那是我們一起找到的。」

「我只是再確認一次。快點吃，我們趕快去找黃金書籤。」

「我才吃到一半呢……不用急，傑克會幫助我們。」

「是的，可以協助兩位是我的榮幸。」

「比起兩個人，三個人確實能更快找到。」

「請放心交給我，沒有人比我更了解王宮。」

「傑克真可靠！」

「你怎麼還沒吃完？別吃了，我們走吧！」

「我知道姐姐的責任感很重，但是你今天真的好奇怪。」

「不要胡說八道！」

「好啦！我不吃早餐了，現在就去找黃金書籤，可以了吧？」

「魔法之書呢？在你身上嗎？」

「對。我把它藏在懷裡，因為衣服很厚，不用擔心會弄丟。」

「把它給我。」

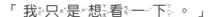「為什麼？」

「我只是想看一下。」

「姐姐，你真的太奇怪了！」

「少囉嗦，快把魔法之書給我！」

「給你。要再放進衣服裡很麻煩，就放在姐姐那裡吧！」

「我當然沒問題囉！」

「姐姐，你今天好像變了個人似的，哈哈哈！」

　　根據以往的經驗，黃金書籤不會離主角太遠，所以假佳妮、妮妮和傑克從王宮內開始搜尋。

　　「黃金書籤也是寶物，說不定會和這些寶物在一起。」

　　傑克帶著兩人來到放滿美麗瓷器的寶物庫。

　　「好厲害！太美了！」

　　「現在不是讚嘆的時候，趕快找黃金書籤！」

　　假佳妮和妮妮留在這裡尋找，傑克則去隔壁放滿精美工藝品的房間。

　　妮妮找得滿頭大汗。「這裡太寬敞了！對了，可以用金屬探測器呀！」

妮妮走向假佳妮，發現她看著前方的某個東西發楞。「姐姐，你在做什麼？趕快找黃金書籤啊！」

　　假佳妮嚇了一大跳，一邊揮手否認，一邊避開妮妮的視線。「我什麼也沒做！你還沒找到嗎？」

　　「還沒。你從魔法之書拿出金屬探測器找吧！對了，你會不會熱？」

　　「有一點，可能是我今天穿得比較厚重。」

　　「我們來吃冰淇淋吧！」妮妮笑著說。

　　「冰……淇……淋？嗯……好啊！」

早餐時間還急著拿走魔法之書的假佳妮，此時努力裝作自然的把魔法之書交給妮妮。

　　妮妮有點疑惑，還是把手伸進魔法之書。「我要吃薄荷巧克力口味，姐姐呢？」

　　「我要和你一樣的。」

　　「……一樣的？」

　　妮妮覺得納悶，因此提出疑問，假佳妮則用力的點頭。妮妮想了一會兒，還是從魔法之書拿出一個薄荷巧克力冰淇淋給假佳妮。

真好吃！

看著假佳妮吃得津津有味，妮妮問道：「姐姐，冰淇淋好吃嗎？」

　　「好吃，我可以再吃一個嗎？」

　　假佳妮伸手想拿走魔法之書，妮妮趕緊制止。「你是誰？我姐姐才不吃薄荷巧克力！」

　　「被識破了嗎？竟然懂得試探我，你真了不起呢！」

　　假佳妮的表情瞬間變得陰森，同時身體逐漸化成陣陣黑煙。

　　「你是……」

黑煙重新聚集，變成一個巨大的人形，出現在妮妮面前的是——黑魔法師！

「哇啊啊！」

黑魔法師用黑煙搗住妮妮的嘴巴，阻止她繼續尖叫，而吸入黑煙的妮妮則不停咳嗽。

「咳咳咳咳！」

越來越多黑煙從黑魔法師的手上飛向妮妮。

「我姐姐……怎麼了？」

「你還有空擔心她？先擔心你自己吧！」

黑魔法師嘲諷著妮妮，雙手也不停施展魔法。雖然妮妮嘗試掙脫，但圍繞在她周圍的黑煙越來越多，讓她動彈不得。

「不要！」

黑煙飄進妮妮的嘴巴和鼻子，很快的，妮妮的眼睛就變得和黑魔法師一樣鮮紅。

第6章

乞丐們的王國

太陽逐漸西下，佳妮坐在馬車上，不知道自己接下來會去哪裡。

「我是不是應該接受那個女生的幫助？」

被逼到牆角的佳妮，沒有接受叫她快逃的女孩的幫助，於是被另外那群人帶走，才知道原來他們是一群乞丐。接著，佳妮被帶到市場，按照乞丐們的命令，向路人乞討。

　　如果沒有乞討到規定的金額，會被乞丐王教訓，所以乞丐們一直逼迫佳妮。雖然佳妮嘗試逃跑，但每次都被抓回來，再被帶到市場，就像在做醒不來的惡夢。

　　「我真的不是乞丐，我是來自現實世界的旅行者，我叫做佳妮。」

　　然而，乞丐們絲毫不把佳妮說的話當真，反而大聲嘲笑她。

乞討結束後，佳妮和乞丐們坐著老舊的馬車到達廢棄的穀倉，乞丐們就在這裡生活。

佳妮和其他人從馬車上下來後，一個男孩立刻靠近她。

「你是新來的？那要給你點下馬威才行。」

男孩撿起石頭丟向佳妮，幸好佳妮迅速躲開。

佳妮又氣又無奈的說道：「住手！小心我告訴國王，讓你被懲罰喔！」

男孩對佳妮說的話不屑一顧。「我爸爸就是這裡的國王，我還是這裡的王子呢！」

「拜託你帶我去王宮，我就不會對你丟石頭的事生氣，還會請真正的國王給你獎賞！」

佳妮急切的懇求，男孩卻完全沒聽進去，還叫來其他夥伴。

這傢伙真怪，給她點顏色瞧瞧！

佳妮隨即被男孩及他的夥伴包圍，完全沒有逃跑的空隙。

「住手！你這個壞蛋！」

在千鈞一髮之際，佳妮身後傳來一個熟悉的聲音，回頭一看，是那個在市場裡想幫她的女孩。包圍佳妮的孩子們一看到這個女孩，紛紛拔腿就跑。

「快逃！」

「是凶巴巴的克萊爾！」

「你們別害怕，我爸爸是乞丐王，這傢伙沒什麼好怕的！」

男孩著急的大叫，卻喚不回任何一個人，於是氣呼呼的獨自朝克萊爾走去。「你這個討厭的傢伙，快給我滾！」

克萊爾毫不屈服的勇敢迎向男孩。「如果我說『不』呢？」

男孩氣得剛舉起拳頭，克萊爾就一腳踢中他的小腿。原本盛氣凌人的男孩跌坐在地，抱著腿大哭起來。

「我要跟爸爸說！」男孩不甘心的邊喊邊跑走了。

克萊爾伸出手，並且詢問佳妮：「你沒事吧？」

佳妮搖搖頭，握住克萊爾的手，站了起來。「謝謝，我當時應該跟你走的。我叫佳妮。」

「我是克萊爾。很遺憾你沒有順利逃走，事實上，我也在這裡生活，因為這裡至少能躲雨。」

克萊爾帶佳妮走進一棟破舊的房子，裡面有大大小小的土堆。克萊爾帶佳妮來到其中一個土堆，裡面挖了一個大小剛好能容納一個人的洞。

「這裡沒有床，我們平常就在各自的土堆裡生活和睡覺。」

克萊爾從洞裡的角落拿出一個沾了灰塵的乾扁麵包。雖然平常絕對不會吃，但佳妮一整天都又餓又累，於是她接過麵包，狼吞虎嚥吃了起來。

「如果有魔法之書……」話說到一半，佳妮就嘆了一口氣。

「我從你被趕出王宮時，就看到你了，你是不是有什麼苦衷？」

一聽到克萊爾的話，佳妮的眼淚就像沒關的水龍頭般，不停的流下。

「沒錯，說來話長……但是克萊爾，你會相信我嗎？你為什麼對我那麼好？」

「因為我發生過類似的事。我曾經在市場裡被誣陷是小偷，差點被關進監獄，幸好有一位貴族夫人相信我，站出來為我說話，事情才圓滿落幕。」

「原來如此。」

「從此以後，我決定如果遇到有困難的人，我也要助他一臂之力。」

這時候，屋外傳來吵雜聲，佳妮和克萊爾同時看向門口，那裡站著一個怒氣沖天的男人。

「是誰欺負我的孩子？」

欺負過佳妮的男孩從男人身後探出頭來，佳妮知道眼前的男人應該就是乞丐王。

有了靠山的男孩得意洋洋，而乞丐王則一步步走向佳妮和克萊爾。

　　佳ㄐㄧㄚ妮ㄋㄧˇ和ㄏㄜˊ克ㄎㄜˋ萊ㄌㄞˊ爾ㄦˇ一ㄧ站ㄓㄢˋ起ㄑㄧˇ身ㄕㄣ，乞ㄑㄧˇ丐ㄍㄞˋ王ㄨㄤˊ就ㄐㄧㄡˋ朝ㄔㄠˊ她ㄊㄚ們ㄇㄣ˙怒ㄋㄨˋ吼ㄏㄡˇ：「膽ㄉㄢˇ大ㄉㄚˋ包ㄅㄠ天ㄊㄧㄢ的ㄉㄜ˙傢ㄐㄧㄚ伙ㄏㄨㄛˇ，竟ㄐㄧㄥˋ敢ㄍㄢˇ欺ㄑㄧ負ㄈㄨˋ我ㄨㄛˇ的ㄉㄜ˙孩ㄏㄞˊ子ㄗ˙！」

　　「難ㄋㄢˊ道ㄉㄠˋ他ㄊㄚ聯ㄌㄧㄢˊ合ㄏㄜˊ幾ㄐㄧˇ個ㄍㄜˋ人ㄖㄣˊ一ㄧ起ㄑㄧˇ欺ㄑㄧ負ㄈㄨˋ一ㄧ個ㄍㄜˋ人ㄖㄣˊ是ㄕˋ對ㄉㄨㄟˋ的ㄉㄜ˙嗎ㄇㄚ˙？」

　　深ㄕㄣ知ㄓ自ㄗˋ己ㄐㄧˇ孩ㄏㄞˊ子ㄗ˙是ㄕˋ什ㄕㄣˊ麼ㄇㄜ˙德ㄉㄜˊ性ㄒㄧㄥˋ的ㄉㄜ˙乞ㄑㄧˇ丐ㄍㄞˋ王ㄨㄤˊ，被ㄅㄟˋ克ㄎㄜˋ萊ㄌㄞˊ爾ㄦˇ的ㄉㄜ˙話ㄏㄨㄚˋ氣ㄑㄧˋ到ㄉㄠˋ滿ㄇㄢˇ臉ㄌㄧㄢˇ通ㄊㄨㄥ紅ㄏㄨㄥˊ。

「在這裡，我就是國王，你不准頂撞我！」

乞丐王用力推了克萊爾一把，她一時重心不穩，跌坐在地上。

佳妮急忙扶起克萊爾，為她打抱不平。「你真不像個大人，竟然欺負小孩！」

「你還敢頂嘴！什麼大人、小孩，在這裡，力量就是一切，沒有力量就必須乖乖聽話！看我怎麼教訓你們！」

乞丐王低頭捲起袖子時，佳妮趕緊把握機會。「王宮的侍衛來了！」

「什麼？在哪裡？」

趁乞丐王轉頭尋找的時候，佳妮抓住克萊爾的手，一溜煙跑出乞丐們的住處。

第7章

斬斷黑暗的銀劍

　　要從精美的工藝品之間找出黃金書籤不是容易的事，為了不放過任何可能性，傑克專注到連呼吸都不敢用力。

　　這時候，傑克聽到隔壁房間傳來妮妮的尖叫聲。

　　傑克趕緊跑到房門
口，卻看到妮妮面前站著一個身穿黑
色披風的人。

「把黃金書籤給我。」

　　「是。」

被冬黑冬魔影法冬師戶控影制点的妮冬妮冬目泉光冬呆鹿
滯幣, 順弱從影的影從影魔影法弱之影書景拿景出影八景張影閃弱耀影

著金色光芒的黃金書籤，黑魔法師隨即拿到自己手上。

傑克害怕得渾身發抖，心想：看來那就是傳說中的黑魔法師！妮妮大人會怎麼樣？應該趕快去救她……但我只是個書僮，能做什麼呢？

雖然知道不能再躲起來了，但傑克卻覺得雙腳不聽使喚。

突然間，傑克想起被黑煙籠罩的愛德華和湯姆的手。如果黃金書籤被搶走，他們身上的魔咒或許就無法解開，整個王國也會陷入危險。兩位來自現實世界的旅行者與自己年紀差不多，卻為了范特西爾的各個王國，努力突破重重難關……

鼓起勇氣的傑克忽然靈機一動：對了！陛下房間裡的銀色鎧甲！

愛德華曾經說過銀色鎧甲的故事，於是傑克趁黑魔法師不注意的時候，從銀色鎧甲上拔出佩劍，再以最快的速度回來，接著一鼓作氣，揮舞著銀劍朝黑魔法師奔去。

「住手！」

傑克大喊一聲，黑魔法師和妮妮同時看向他。銀劍反射光線的瞬間，黑魔法師立刻舉起手遮擋，傑克趁機搶回魔法之書，飄浮在黑魔法師手中的黃金書籤也回到了書中。

「跟我來！」傑克一把抓住妮妮的手，奮力往外奔跑。

黑魔法師冷笑著說：「我看你們能逃到哪裡！」

傑克帶著妮妮跑進像迷宮的庭院。「除了對王宮瞭若指掌的我，沒有人能輕易走出迷宮庭院，即使是黑魔法師也辦不到。」

到底走了多遠呢？一走進迷宮庭院，黑魔法師的氣息就消失了。傑克氣喘吁吁的停下腳步，但妮妮仍舊被黑煙包圍，沒有任何反應。

「拜託，趕快清醒吧！」

傑克朝包圍妮妮的黑煙揮舞銀劍。「走開！快消失！」

　　銀劍每揮舞一次，黑煙就少一點，發現有效的傑克更加賣力的揮舞銀劍，成功消滅了妮妮周遭的黑煙。

　　「怎麼……傑克！對了，黑魔法師變身成我姐姐了！」妮妮終於回過神來。

「那真正的佳妮大人到哪裡去了？」傑克訝異的問道。

此時，天空忽然暗下來，黑魔法師張開巨大的披風，飛到妮妮和傑克面前。「她已經死了。」

妮妮的心跳似乎停了一拍，但她相信聰明的姐姐一定能化險為夷，更知道自己現在不能露出害怕的樣子，那只會讓黑魔法師有機可乘。

妮妮和傑克一起把銀劍指向黑魔法師。「騙人！這是你要搶走魔法之書的手段吧？」

　　「我才不想要魔法之書。」黑魔法師的周圍散發出更多黑煙。

　　妮妮大喊：「說謊！你不是打算搶走所有黃金書籤，用來支配范特西爾嗎？」

　　「是你誤會了。」

「什麼意思？」

妮妮想繼續追問，傑克趕緊出聲警告：「他一定是在耍什麼把戲，別上當，清醒一點！」

「我只想要一張黃金書籤。」

黑魔法師偷偷施展魔咒，讓黑煙貼著地板悄悄飄向妮妮和傑克，兩人的意識因此逐漸模糊。

「真的嗎？」

「如果只要一張……」

黑魔法師身上的黑煙輕輕飄動。「對，我只想要原本就屬於我的那張黃金書籤。」

「原本就是你的？」

不知不覺間，妮妮和傑克完全被黑煙籠罩。妮妮再度翻開魔法之書，八張黃金書籤也浮了上來。

「那應該物歸原主……」

黑魔法師彎了彎嘴角，正要拿走所有黃金書籤的時候——

「不行！」

從魔法之書冒出了托米巨大的藍色雙手，一把抓住所有黃金書籤，接著迅速回到書裡，魔法之書再次闔上了。

　　佳妮和克萊爾跑了又跑，終於擺脫乞丐們的追逐。兩人停下腳步大口喘氣，佳妮這才想起，自己可能害克萊爾失去了棲身之地。

　　「克萊爾，對不起，都是我連累了你。」

　　「別在意，我本來就想離開那個地方。」

　　「回到王宮後，我會請國王幫你蓋一個家。」

　　「真的嗎？太好了！」

　　克萊爾高興的笑著，同時指向森林中的一棟建築物。

　　「那裡就是幫助過我的艾蒂斯夫人的家，她的丈夫是亨登伯爵。伯爵和王室的交情很好，或許能幫助你回到王宮。」

「站住！這裡是亨登伯爵的城堡，你們有什麼事？」

「王宮發生大事了，請讓我們拜見伯爵或夫人。」

「噴！乞丐怎麼可能知道王宮發生了什麼事？快走開！」

「我說的是真的，請幫我們通知伯爵或夫人。」

「怎麼這麼吵？發生什麼事了？」

「伯爵，這兩個小乞丐嚷嚷著要拜見您，說什麼王宮發生大事了，您不用在意。」

「我不是乞丐，我是從遠方國家來的公主！」

「公主？不像啊！真的嗎？」

「亨登，只憑外表判斷別人，真不像你的作風。」

「艾蒂斯，這是因為……」

「當初陛下被大家認為是乞丐的時候，只有你相信他。說不定這兩個孩子也是那樣，先聽聽她們怎麼說吧！」

「也好。你們說王宮發生大事，這是怎麼回事？」

「我是為了幫助愛德華陛下才來到這個王國，我妹妹正在王宮扮演陛下的替身。」

「明明有修道院院長湯姆，為什麼陛下需要你妹妹當替身？」

「陛下和湯姆有急事，一起離開王宮了。宮中出現一個人，她假扮成我，大家就把我當成乞丐趕了出來。那個冒牌貨可能會利用我妹妹的國王身分，做出危害這個國家的壞事。」

「佳妮既勇敢又堅強，也不會向惡勢力低頭，我相信她不會說謊。」

佳妮很感動克萊爾相信自己，還站出來為自己發聲，一定要趁此機會說服亨登伯爵和艾蒂斯夫人，於是佳妮決定說出事情的來龍去脈。

　　「我和妹妹是來自現實世界的旅行者，受波普斯魔法圖書館的托米所託，在范特西爾的各個王國中尋找黃金書籤。這件事肯定是黑魔法師為了奪走黃金書籤而做的『好事』。」

亨登伯爵和艾蒂斯夫人凝視著佳妮好一會兒，然後亨登伯爵慢慢開口：「我們王國已經有好長一段時間沒有旅行者來過了。」

　　一旁的艾蒂斯夫人說：「如果這孩子說的話是真的，那我們必須立刻趕往王宮。」

　　佳妮繼續說明：「我認為，愛德華陛下和湯姆可能是中了黑魔法師的魔咒。他們為了不讓王國陷入恐慌，才躲起來尋找解除魔咒的方法，我妹妹因此成為國王的替身，我則扮演公主，在身旁輔佐她。」

　　「這和陛下與湯姆以前互換身分時的情況有點像。」

　　「我真的沒有說謊，請你們相信我。」佳妮努力說服亨登伯爵。

　　「我們帶著騎士團去王宮看看吧！」

　　亨登伯爵聽了艾蒂斯夫人的話後點點頭，接著下達命令。

從亨登伯爵的城堡出發的騎士團和佳妮一行人，快馬加鞭趕往王宮。

　　他們一抵達王宮，就看到大門敞開，不僅沒有看守的侍衛，連建築物和庭院內都異常安靜，不像以往總有僕人來來去去。

　　亨登伯爵俐落的下馬，並且拔出佩劍。「氣氛不對勁，騎士團全員，嚴陣以待！」

　　遵從亨登伯爵的指令，騎士們也紛紛下馬拔劍，然後小心翼翼的進入王宮，警戒的察看四周。

　　「妮妮，你在哪裡？」

　　擔心妹妹安危的佳妮，與克萊爾從馬車上下來後，立刻跑進王宮內尋找妮妮的身影。

第9章 亨登騎士團VS虎克海盜團

　　經過王宮的大廳，進入走廊的瞬間，佳妮和克萊爾就看到兩團奇怪的黑煙，而且它們不停發出嘶啞又斷斷續續的可怕聲音。

　　「黃清……蘇籤……」

　　「那會不會是妮妮？」

　　佳妮匆匆跑向其中一團黑煙，克萊爾連忙阻止她。「別衝動，說不定是黑魔法師的部下！」

　　那團黑煙似乎對佳妮和克萊爾的話起了反應，緩緩的飄向兩人。

　　「那團黑煙可能是我妹妹，我靠近一點看。」

　　「萬一不是呢？太危險了！」

　　此時，走廊上瞬間變暗，就像夜晚突然降臨。

佳妮停下腳步，抬頭一看，黑魔法師張開巨大的披風，飛到她面前。

　　「你活著回來了？我還以為你會命喪街頭。」

　　「我絕對不會如你的意！」

　　佳妮與黑魔法師展開對峙，這時候，黑魔法師伸出手，黑煙瞬間籠罩住佳妮，使她的腦袋變得一片空白，無法思考。

　　「把黃金書籤給我。」

「黃金書籤……」佳妮像被催眠似的，複誦黑魔法師的話。

早在黑魔法師出現時，克萊爾就躲到柱子後面。此刻她發覺大事不妙，於是趁黑魔法師不注意的時候，為了叫亨登伯爵和騎士團過來而迅速跑走。

佳妮用力的甩著頭，幸好一擺脫黑煙，她就恢復了神智。

「你為什麼這樣做？」

佳妮朝黑魔法師大喊，黑魔法師則發出更多黑煙。雖然佳妮試圖躲開，卻完全沒用。

「我也是范特西爾的主角，擁有一張黃金書籤是理所當然的。」

「我們去過的王國裡都沒有你的故事，所以黃金書籤也不是你的！」

即使佳妮不斷反抗，但是為了躲避乞丐們的追捕，她已經非常疲倦了，最後還是無法抵擋黑煙的攻擊，失去了自己的意識。

失神的佳妮把手伸進黑魔法師遞來的魔法之書裡——

「怎麼又要拿黃金書籤？」

先前妮妮被黑魔法師控制，從魔法之書拿出黃金書籤時，第一次因為很快就還回去，所以托米只覺得奇怪，但第二次就立刻制止了。

不能讓你搶走黃金書籤！

　　這會兒佳妮又要拿黃金書籤，托米忍不住出來一探究竟。和黑魔法師對上眼後，他馬上搞清楚狀況，接著一把抱住黃金書籤。

　　「在安全之前，我會緊緊闔上魔法之書！」

　　雖然托米趕緊躲進魔法之書，卻仍被黑魔法師搶到一張黃金書籤。

「住手！」

克萊爾帶著亨登伯爵和騎士團趕來，要阻止黑魔法師繼續為非作歹。

騎士們舉起佩劍，黑魔法師則不以為意的飛到天上。「憑那種東西就想打倒我？真是天真！」

黑魔法師用黑煙把搶來的一張黃金書籤托到空中，接著念出魔咒：

「托歐，艾默克，愛達滴普！」

黑煙瞬間像龍捲風般轉著圈，然後從中走出了一群人，帶頭的人還揮舞著一支鋒利的鐵鉤──他就是虎克船長！

騎士們看到忽然出現的海盜團，嚇了一大跳。海盜團被莫名其妙的帶來這裡，則是一臉茫然。但雙方都很快的憑本能發覺：眼前的人是敵人！

黑魔法師指著亨登伯爵和騎士團，對海盜們下令：

「消滅他們！」

佳妮和克萊爾大步跑出走廊，當她們為了找愛德華的房間而四處徘徊時，剛到達走廊時遇見的兩團黑煙就迅速飛近兩人。

　　「哇啊！」

　　克萊爾嚇得後退了幾步，佳妮反而往前踏了一步。

　　「你們是不是有話要和我們說？」堅信其中一團黑煙是妮妮的佳妮，毫不畏懼的與黑煙們對話。

　　兩團黑煙中傳來聲音。

　　「音色……開甲……」

　　「你們在說什麼？再說一次。」佳妮彎下腰，靠近黑煙們。

　　「音色……開甲！跟我……來！」

　　不等佳妮回答，兩團黑煙便飄往某個方向。

　　「克萊爾，當中一定有一個是妮妮，我確定！」

　　佳妮剛說完，正準備轉頭的瞬間，克萊爾忽然用力推了她的背。

108

「佳妮小心！哇啊啊！」

重心不穩而跌坐在地的佳妮，回頭就看到克萊爾被黑魔法師的黑煙包圍。

佳妮知道，克萊爾是為了保護自己，所以她沒有時間難過或猶豫，只能奮力爬起來，跟著兩團黑煙往前跑。

第10章
正面對決

　　兩團黑煙帶著佳妮來到愛德華的房間，再飄到銀色鎧甲前，一直發出同樣的聲音。

　　「音色開甲……音色開甲！」

　　「你們到底在說什麼？」

　　這時候，佳妮想起愛德華說過的話：萬一發生最糟糕的狀況……

　　「銀色鎧甲！原來你們和我想得一樣啊！」

　　佳妮這才理解兩團黑煙帶自己來這裡的理由，趕緊穿上銀色鎧甲。

　　「這……個……也！」

　　一團黑煙將銀劍遞給佳妮。

　　然而，黑魔法師不知何時已經追上來了。

「永遠沉睡吧！」黑魔法師將黑煙充斥整個房間。

佳妮以為自己又要被黑煙控制而感到害怕，但是她很快的深吸一口氣，重振精神，緊握住銀劍。

「為了大家，我絕對不能退縮！」

被銀色鎧甲保護的佳妮，不再被黑煙迷惑心神，甚至在頭盔映照出的銀色光芒協助下，即使煙霧瀰漫，她也能將銀劍瞄準黑魔法師。

「讓我結束這一切吧！」

佳妮用力擲出銀劍，劍身隨即像流星般，發出神聖的耀眼白光，直直飛向黑魔法師。

轟隆隆！

銀劍準確無誤的命中黑魔法師，伴隨著巨大的爆炸聲，黑魔法師的身體在白光下化作黑煙。

黑煙散去後，黑魔法師的身影不見了，只剩下掉在地上的魔法之書和彼得潘王國的黃金書籤。

　　然而在黑煙完全散去前，佳妮從裡面隱約看到一個眉頭緊皺、滿臉怒容的男孩。

　　魔法之書再次回到佳妮和妮妮的手上，虎克海盜團消失了，妮妮、傑克和克萊爾也得救了，被黑煙籠罩的王宮終於恢復平靜。

　　「姐姐是英雄，帥呆了！」

　　妮妮蹦蹦跳跳的來到佳妮身邊，佳妮輕輕摸了她的頭。「多虧你的幫忙。」

　　「那我就是多虧傑克的幫忙。」

　　妮妮把來自姐姐的稱讚傳給傑克，傑克則鞠躬表示謝意。

　　「當然，如果沒有克萊爾，我連王宮都回不來，非常謝謝你。」

　　聽了佳妮的話，克萊爾也開心的笑了。

解除魔咒的愛德華和湯姆走向佳妮一行人。

「陛下，幸好您平安無事。」隨後趕來的亨登伯爵和騎士團恭敬的向愛德華行禮。

謝謝，多虧大家的幫忙，我、湯姆和這個王國才能獲救。

佳妮鬆了口氣。「我終於可以脫下銀色鎧甲了。」

儘管集中精神戰鬥的時候沒感覺，不過銀色鎧甲其實很重，穿著也很熱。雖然想趕快脫掉，但佳妮不敢隨意對待王室的寶物，於是先盡量謹慎的拿下頭盔。

喔唷！

從頭盔中掉出一個閃閃發光的東西，佳妮以為自己弄壞了銀色鎧甲，一時之間非常慌張。

「對不起，我已經很小心了……」

佳妮滿懷歉意的抬起頭，但是出乎意料的，在場每個人的表情都很開心。

「姐姐，是黃金書籤，它從頭盔掉出來了！」

看清楚妮妮手上確實是黃金書籤後，佳妮才放心的笑出來。「我差點忘了我們還有這個任務。妮妮，快把黃金書籤插入魔法之書吧！」

　　請求愛德華獎勵克萊爾後，交代完所有事情的佳妮和妮妮便離開王國，在托米的協助下進入波普斯魔法圖書館。

　　妮妮翻開魔法之書，九張黃金書籤飄到空中，發出金色的光芒。

　　托米看著黃金書籤。「再搜集一張，遺失的黃金書籤就全部找回來了。」

　　「黑魔法師為什麼想要黃金書籤？」妮妮問托米。

　　「當然是因為黃金書籤擁有強大的魔力！你們也看到了，黑魔法師用它召喚出虎克海盜團，還把他們當成手下。」

　　托米輕輕飛起來，繞了書櫃一圈，再回到姐妹倆身邊。

「找回十張黃金書籤，並且放在波普斯魔法圖書館保管，黑魔法師就再也不能使用邪惡的魔法了。」

「范特西爾的每個王國也會恢復和平。」

托米對妮妮點點頭。「我也可以找回原本帥氣的外貌。」

妮妮因為托米的話而捧腹大笑，佳妮卻回想起在黑煙中看到的男生，忍不住擔憂起來。

「我在黑煙中看到一個男生，那是黑魔法師的真面目嗎？」

妮妮心不在焉的回答佳妮：「黑魔法師就是黑魔法師，就像我戴上王冠還是妮妮，姐姐穿的衣服再破爛也還是佳妮。」

「但是……不，這次的冒險太累了，今天就到此為止吧！」佳妮搖搖頭，讓自己不再想這件事。

「我會去調查最後一張黃金書籤在哪個王國。」托米說道。

托米對佳妮和妮妮念出魔咒，兩人隨即被白光圍繞，身體也變得透明。

　　「你們回家好好休息，調查有結果後，我再通知你們。」

　　「好，托米再見！」

第10集搶先看

史上最可愛的
第10集主角是誰？

范特西爾最有智慧、最可愛的
角色，正等著佳妮和妮妮到
來。到底是誰呢？快根據右邊
的圖片來推理看看！

前情提要 在范特西爾克服重重困難，努力尋找黃金書籤的佳妮和妮妮，再找到一張就成功了。

① 與邪惡的海盜團對戰。

被關進精靈的神燈裡。

②

③ 中了魔咒而成為奧茲城主。

④ 與朋友一起克服困難。

⑤

為了守護重要的東西而努力。

⑥

佳妮和妮妮可以找到最後的黃金書籤嗎？

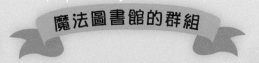

魔法圖書館的群組

托米邀請佳妮和妮妮加入群組。

 這次也辛苦你們了。

 姐姐比較辛苦,我一直待在王宮,但姐姐既被追趕又挨餓,還被欺負。

 我沒事。幸好經歷那些事的不是你,萬一我們互換身分,我一定會超級擔心你。

 佳妮身為姐姐,真的很有責任感。

 這次的經驗非常特別,但是如果可以,我不想再經歷一次了。

 我也是。我以為當國王很快樂,但完全不是這樣,必須做的事、要遵守的禮節太多了。為了不露出馬腳,我還要努力察言觀色,實在太累了。

 還好大家都平安無事。

 與別人互換身分,而且還是王子和乞丐這兩種天壤之別的身分,不知道作者是怎麼想出這個創意的?

 應該是他經歷過很多事情吧!

 沒錯,《乞丐王子》的作者經歷過許多試煉,擁有波瀾起伏的人生。我來說給你們聽,快翻開下一頁吧!

馬克・吐溫

Mark Twain

1835年11月30日～1910年4月21日
美國文學之父

本名：塞姆・朗赫恩・克萊門斯（Samuel Langhorne Clemens）
馬克・吐溫是其最常使用的筆名，一般認為是因為馬克曾經當
過輪船領航員，「馬克・吐溫」（Mark Twain）則是輪船領航
員經常喊出的話，意思是「兩個標記」，即「輪船可以安全通
過的水深度」。

馬克・吐溫的作品數量龐大，又經常使用不同的筆名，因此人們至今都很難完整編寫他的生平或傳記。在馬克的作品中，《乞丐王子》、《湯姆歷險記》和《頑童歷險記》這三本書，應該許多人都至少聽過其中一本。

馬克在1835年出生於美國密蘇里州，4歲時搬到密西西比河附近居住，成為後來他書寫《湯姆歷險記》和《頑童歷險記》的靈感來源。馬克11歲時，父親因病逝世，隔年他就到了印刷廠當學徒，並且從18歲起，奔波於美國各地當印刷工人。

22歲那年，馬克在旅途中受到賞識，於是轉換跑道，成為當時收入頗豐的輪船領航員，在北美洲最大的密西西比河上工作，直到美國爆發南北戰爭為止。之後，馬克曾經短暫上過戰場，也曾遠赴他鄉挖銀礦，後來到了報社當記者，前往更多地方與國家旅行，成為以寫作為生的作家。

馬克・吐溫透過豐富的生命經歷，營造出專屬於自己的寫作風格，更因此能鮮明的形塑出故事背景與人物性格。或許正因為如此，馬克才能換位思考，創作出因為互換身分而迎來新人生、使人眼睛一亮的故事《乞丐王子》。

我也是畫家

大事不妙，妮妮中了黑魔法師的魔咒，失去了一部分的臉！
請你完成這幅畫，幫助妮妮解開魔咒！

腦筋急轉彎

愛德華和湯姆準備了許多和「王」有關的腦筋急轉彎，
你能幫助佳妮和妮妮解開嗎？

放輕鬆，
一點都不難。

別想太多
比較好。

1. 1+1不是2，答案是？

2. 動物園裡的萬獸之王是？

3. 英國國王為什麼是女性？

4. 誰有權力叫國王坐下或低頭？

5. 公主結婚後為什麼不用掛蚊帳了？

▶答案在後面唷！

尋找黃金書籤

愛德華、湯姆和妮妮有如三胞胎般相像，但還是有點不一樣。請以
愛德華、湯姆、妮妮、傑克的順序，好好分辨他們，找出黃金書籤。

*可以往左、往右、往下、往斜下方移動喔！

起點

終點

▶答案在後面喲！

從古至今，有很多成語和歇後語都與「王」或「乞」有關，
仔細想想以下詞語是什麼意思，把它們連起來吧！

詞語   意思

大水沖倒龍王廟。   •   •   得到的遠超過
                                          祈求的。

王子犯法與   •   •   因為有請求
庶民同罪。   而討好別人。

山上無老虎，   •   •   法律之前人人平等。
猴子稱大王。

乞漿得酒。   •   •   自己人之間發生誤會。

搖尾乞憐。   •   •   缺乏有才能的人，
                                          普通的人也能稱王。

▶答案在後面唷！

國家圖書館出版品預行編目（CIP）資料

魔法圖書館 9 真假國王與乞丐 / 安成燻作；李景姬
繪；石文穎譯 . -- 初版 . -- 新北市：大眾國際書局，
2023.3
136 面；15x21 公分 . -- （魔法圖書館；9）
譯自：간니닌니 마법의 도서관 . 9, 왕자와 거지
ISBN 978-626-7258-08-8（平裝）

862.599   112000533

小公主成長學園CFF033

魔法圖書館 9 真假國王與乞丐

作　　　者	安成燻
繪　　　者	李景姬
監　　　修	工作室加嘉
譯　　　者	石文穎

總　編　輯	楊欣倫
執 行 編 輯	徐淑惠
特 約 編 輯	林宜君
封 面 設 計	張雅慧
排 版 公 司	芊喜資訊有限公司
行 銷 統 籌	楊毓群
行 銷 企 劃	蔡雯嘉

出 版 發 行	大眾國際書局股份有限公司 大邑文化
地　　　址	22069 新北市板橋區三民路二段 37 號 16 樓之 1
電　　　話	02-2961-5808（代表號）
傳　　　真	02-2961-6488
信　　　箱	service@popularworld.com
大邑文化 FB 粉絲團	http://www.facebook.com/polispresstw

| 總 經 銷 | 聯合發行股份有限公司 |
| | 電話　02-2917-8022　　　傳真　02-2915-7212 |

法 律 顧 問	葉繼升律師
初 版 一 刷	西元 2023 年 3 月
定　　　價	新臺幣 280 元
I　S　B　N	978-626-7258-08-8

大邑文化讀者回函

謝謝您購買大邑文化圖書，為了讓我們可以做出更優質的好書，我們需要您寶貴的意見。回答以下問題後，請沿虛線剪下本頁，對折後寄給我們（免貼郵票）。日後大邑文化的新書資訊跟優惠活動，都會優先與您分享喔！

✎ 您購買的書名：＿＿＿＿＿＿＿＿＿＿＿＿＿＿＿＿＿＿＿＿＿

✎ 您的基本資料：

姓名：＿＿＿＿＿＿＿，生日：＿＿年＿＿月＿＿日，性別：□男　□女

電話：＿＿＿＿＿＿＿＿，行動電話：＿＿＿＿＿＿＿＿＿＿

E-mail：＿＿＿＿＿＿＿＿＿＿＿＿＿＿＿＿＿＿＿＿＿

地址：□□□-□□＿＿＿＿＿＿縣／市＿＿＿＿＿＿鄉／鎮／市／區
　　　＿＿＿＿＿路／街＿＿＿段＿＿＿巷＿＿＿弄＿＿＿號＿＿＿樓／室

✎ 職業：

□學生，就讀學校：＿＿＿＿＿＿＿＿＿＿＿，＿＿＿＿＿＿年級

□教職，任教學校：＿＿＿＿＿＿＿＿＿＿＿＿＿＿＿＿＿＿＿

□家長，服務單位：＿＿＿＿＿＿＿＿＿＿＿＿＿＿＿＿＿＿＿

□其他：＿＿＿＿＿＿＿＿＿＿＿＿＿＿＿＿＿＿＿＿＿＿＿

┄┄┄┄┄┄┄┄┄┄┄┄┄┄┄┄┄┄┄┄┄┄┄┄┄┄┄┄┄

✎ 您對本書的看法：

您從哪裡知道這本書？□書店　□網路　□報章雜誌　□廣播電視
□親友推薦　□師長推薦　□其他＿＿＿＿＿＿＿＿＿＿＿

您從哪裡購買這本書？□書店　□網路書店　□書展　□其他＿＿＿＿

┄┄┄┄┄┄┄┄┄┄┄┄┄┄┄┄┄┄┄┄┄┄┄┄┄┄┄┄┄

✎ 您對本書的意見？

書名：□非常好□好□普通□不好　　封面：□非常好□好□普通□不好

插圖：□非常好□好□普通□不好　　版面：□非常好□好□普通□不好

內容：□非常好□好□普通□不好　　價格：□非常好□好□普通□不好

┄┄┄┄┄┄┄┄┄┄┄┄┄┄┄┄┄┄┄┄┄┄┄┄┄┄┄┄┄

✎ 您希望本公司出版哪些類型書籍（可複選）

□繪本□童話□漫畫□科普□小說□散文□人物傳記□歷史書
□兒童/青少年文學□親子叢書□幼兒讀本□語文工具書□其他＿＿＿＿

┄┄┄┄┄┄┄┄┄┄┄┄┄┄┄┄┄┄┄┄┄┄┄┄┄┄┄┄┄

✎ 您對這本書及本公司有什麼建議或想法，都可以告訴我們喔！

＿＿＿＿＿＿＿＿＿＿＿＿＿＿＿＿＿＿＿＿＿＿＿＿＿＿＿＿＿

＿＿＿＿＿＿＿＿＿＿＿＿＿＿＿＿＿＿＿＿＿＿＿＿＿＿＿＿＿

＿＿＿＿＿＿＿＿＿＿＿＿＿＿＿＿＿＿＿＿＿＿＿＿＿＿＿＿＿

大邑文化

220-69

新北市板橋區三民路二段 37 號 16 樓之 1

寄件人地址：
□□□-□□
縣/市 鄉/鎮/市/區
路/街 段 巷 弄 號 樓/室

收件人姓名 先生/小姐

貼
郵
票
處

寄
件
人
免
貼
郵
票
免
貼
郵
票
郵
局
請
郵
遞
區
號
987
號

大邑文化

服務電話：（02）2961-5808（代表號）
傳真專線：（02）2961-6488
e-mail：service@popularworld.com
大邑文化 FB 粉絲團：http://www.facebook.com/polispresstw

第127頁的答案。
1.王。2.園長。3.因為英國男人講究女士優先。4.理髮師。
5.因為她嫁給青蛙王子。

第128頁的答案。 第129頁的答案。